蓝色的生活

[法] 艾丽斯·布里埃 – 阿凯 / 著

[法] 克莱尔·加拉隆 / 绘

周仕敏 / 译

GUANGXI NORMAL UNIVERSITY PRESS

广西师范大学出版社

·桂林·

蓝色的生活，
是一点儿一点儿、
一块儿一块儿，
由一个个箱子构成的。

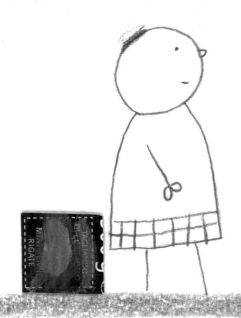

首先放入红色。
所有锋利的、刺激的东西，
刀子、荆棘，以及爱情。

然后放入绿色。
那些在土地上，或在我们梦里，
逐渐发芽、长大，生生不息的东西。

也要放入黄色。
那些我们高高举起的，
闪闪发光、使人心生向往的东西。

还有云朵的白色，

然后，我们休息一会儿，
什么事都没发生。

什么事都不会发生。

真的什么事都不会发生。

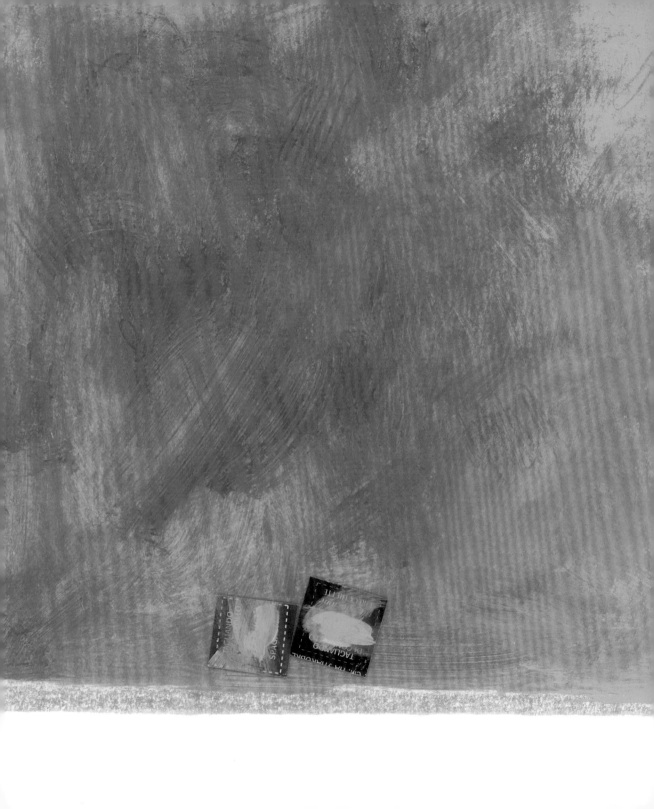

只有日复一日的明天。

在这样的生活中，
渐渐地，
我们被满满的蓝色淹没了……

那么，是出来的时候了。

有时惊险刺激，
有时生机勃勃，
有时令人向往——

有无数小小的蓝色夹杂其中，
这才是真正的蓝色的生活。

　　克莱尔和艾丽斯在书中是一对好朋友，在生活中也是。她们一位住在粉红色的城市，另一位住在绿色的岛上，可是偶尔会聚在一起，想象不同颜色的世界。这本书的灵感就来自一次晚上的聚会。

　　艾丽斯收集了一叠装意粉的纸箱碎片，那晚她拿给克莱尔看。克莱尔觉得这些东西非常精美，艾丽斯就全部送给了她。于是，两人精心设计，把这些碎片变成一个个蓝色小箱子，组成了一个故事……

　　这个故事聚焦了一个我们关心的话题——幸福在哪里。我们到处寻找幸福，但幸福可能就在身边，只要善于发现，它或许就在一袋意粉里。

蓝色的生活

Lanse De Shenghuo

出 品 人：柳　漾
编辑总监：周　英
项目主管：石诗瑶
责任编辑：陈诗艺
助理编辑：曹务龙
责任美编：潘丽芬
责任技编：李春林

Une vie en bleu

Text by Alice Brière-Haquet

Illustrations by Claire Garralon

Text and Illustrations Copyright © 2013 by Océan Éditions

Simplified Chinese edition copyright © 2018 by Guangxi Normal University Press Group Co., Ltd.

This edition arranged through Ye-ZHANG Agency. (www.ye-zhang.com)

著作权合同登记号桂图登字：20-2016-264号

图书在版编目（CIP）数据

蓝色的生活／（法）艾丽斯·布里埃-阿凯著；（法）克莱尔·加拉隆绘；周仕敏译. 一桂林：
广西师范大学出版社，2018.4
（魔法象. 图画书王国）
书名原文：Une vie en bleu
ISBN 978-7-5598-0280-4

Ⅰ. ①蓝… Ⅱ. ①艾…②克…③周… Ⅲ. ①儿童故事 – 图画故事 – 法国 – 现代 Ⅳ. ① I565.85

中国版本图书馆 CIP 数据核字（2017）第 220784 号

广西师范大学出版社出版发行

（广西桂林市五里店路 9 号　邮政编码：541004）
网址：http://www.bbtpress.com
出版人：张艺兵
全国新华书店经销
北京尚唐印刷包装有限公司印刷
（北京市顺义区牛栏山镇腾仁路 11 号　邮政编码：101399）
开本：787 mm×950 mm　1/16
印张：2　　插页：12　　字数：26 千字
2018 年 4 月第 1 版　2018 年 4 月第 1 次印刷
定价：34. 80 元

如发现印装质量问题，影响阅读，请与印刷厂联系调换。